고양이 털끝에 봄이 왔다

고양이 털끝에 봄이 왔다

초판 1쇄 발매 | 2024. 11. 25.

펴 낸 곳   도서출판 느루북
편   집   강원일보 출판기획국
표지그림   선우미애
전자우편   ksa6769@naver.com
ISBN   979-11-980857-6-4

본 책은 춘천문화재단 후원으로 발간되었습니다.

고양이 털끝에 봄이 왔다

느릭북

하나,
무아의 텅 비어있는 모든 것은 아름답다

둘,
한 치 앞도 모르는

셋,
산모퉁이 돌아 너에게로 갔다

넷,
시처럼 아름다운 슬픔

하나,
무아의 텅 비어있는 모든 것은 아름답다

11월의 소리

눈물에 씻긴 억새꽃 사이로
비는 내리다 멈추고 흐렸다 개이고
시월의 뒷태에서 삶의 질곡이 보였다

떠나는 길목에 서있는 호흡의 발자국들

벌거벗은 몸으로 오는 11월

하늘 땅 모든 것들이 자리하여 앉았을 때
살빛 바람의 소리 타고 달이 떠올랐다

호수에 젖은 달처럼
그녀가 웃었다

주눅 들지 않고 따뜻했다

고양이 털끝에 봄이 왔다

눈발

성글게 내리는 눈발 사이로
낯선 사람의 뒷모습이 보였다

호수 위로 떠다니는 부표 같았다

어쩌면 그는 쉼표 없는 인생의 고갯마루
슬픈 사연을 넘어왔는지도 모를 일이다

그는 땅바닥에 떨어지기도 전에 사라지는
성근 눈발처럼 혼자 사라지다가 보이고
이내 삼경이 되었다

인적 끊긴 호숫가에
지난했던 여름날을 생각했다

두 주먹 불끈 쥔 뜨거운 혈관이 올라왔다

무엇이 사람답게 사는 것인지
무엇이 나답게 사는 것인지
스스로에게 길을 묻다가

지금의 나는 누구인가

성근 눈발은 오락가락 변하고
빙판에서 나목이 되어 서성이는 발자국

아직 가야 할 길은 멀고 먼데
라디오에선 혹한 한파를 알린다

움켜진 손으로 살얼음판을 걷는 나나
싸목싸목 걸어가는 그 사람의 뒷모습이나
다를 바 없다

우리는 성근 눈발처럼
이내 사라지는 존재라는 것을

잠잠히 서 있는 가로등을 보면서
그와 나의 연결고리를 생각했다

언 손 불끈 쥐었다가 놓는 동안
한 귀퉁이에서는 여명이 밝아온다

고양이 털끝에 봄이 왔다

13

니체와 시

시와 대화하기를 좋아했던 그 사람의 이유를 알게 됐어요
사람의 마음에 터를 잡고 말로 이어지는 연결고리에서
새로운 점을 찾아 부풀어 올리는 일, 그것은 깊은 우물에서
슬픔을 길어 올리는 일이었다는 걸 그 사람의 철학을 이해
하고서야 알 수 있었어요
내면적 슬픔이거나 절대적 고독이거나 혹은 밝음으로 긴
터널의 어둠을 밀어내는 일이거나 지평을 넓히는 의식의
확장이었던 거죠
유리 조각처럼 날카로운 세상에서 진동을 울리는 불안함,
경건하게 잠재우는 힘을 가진 시에 대하여, 얼마나 낮은
곳으로 내려갔어야 했을 우물의 깊이를 가늠하며 슬픔에
빠진 독을 길어 올리는 일 그리고 슬픔과 대화하며 이해
하며 더없이 풍요롭게 하는 무한한 가능성에 대하여,
겨울바람에 바스락거리는 낙엽의 소리조차 잊고 밤이
새도록 채워놓은 시
지독하게 부끄러운 동전의 양면 같은 의식을 잠재우는 시

채찍질 당하는 말의 목을 부둥켜안은 채 정신을 잃고 쓰러
졌어야 했던 시 같은 그 사람
버리고 내던지고 그리하여 혼자가 된 내 안의 나를 향하여

달려가는 순간이야말로 사람다운, 너무도 사람다운 존재
임을 인식하게 하는 시
이런 시가 순수하다는 이론을 알고 나니 나 스스로에 대하여
낭비하지 않아야 한다는 것은 그의 무의식이 나에게 전달
된 후의 일이었죠
모든 순간은 바로 앞서간 순간을 삼켜버렸기에 지난 천 년과
앞으로 올 천년 사이에 낀 시가 기둥을 이루었을 그에게
얼마나 큰 위로가 되었을까요

서슴지 않고 첫차에 발걸음 옮기는 시인들의 행간처럼

길고 긴 시간 속으로 되짚어 들어가 이야기하는 시인 니체
처럼

덩그러니

쌓아둔 물건 미련 없이 정리했다
묵은 마음 미련 없이 날려 버렸다
깜깜한 밤 달빛 별빛 닮은 고요처럼
길 따라 구름 따라 하루하루 덩그러니

그렇게 살기로 했다

인생은 바람 그친 오후, 고요 같은 것
어제는 버리고 오늘을 다시 시작하며
비 내린 오후, 화들짝 피어난 꽃잎처럼
찔레꽃 봄빛 따라 하루하루 덩그러니

그렇게 살기로 했다

따뜻한 영혼이 느껴지는 시를 쓰고 싶어요

왜 시를 쓰냐고
사람들은 내게 말을 했어요
순간 아무 말도 못했지만
이른 아침 숲의 향내를 맡고 싶은 거라고
말하고 싶었어요
바람에 흔들리는 녹빛 슬픔에게
발부리에 차이는 어리둥절한 돌멩이에게
만 가지 꽃이 피는 나뭇가지에게
그리고
빛을 잃어가는 창백한 그에게
따뜻한 영혼이 느껴지는 시를 들려주고 싶었어요
밤을 견딘 숲속의 향내를 맡게 하고 싶었어요
그래서
나는 오늘도 시를 써요
동그랗게 말린 암녹빛 슬픔을 가진 그대가
내 시를 읽어준다면 좋겠어요
숲속 향내가 진동했으면 좋겠어요
그래서
그의 영혼이 따뜻해졌으면 좋겠어요
그랬으면 참 좋겠어요

돌과 사람

스올의 밑바닥에서
돌 틈 사이 다시 피어난 꽃으로
혜안을 열어가는 그 사람에게도
막다른 골목의 도망자처럼
살아오던 날이 있었습니다

달리 도리가 없어 막막한 하늘 붙들고
모순矛盾과 고뇌苦에 떨던 날들
꽃 피고 지는 만큼 많았습니다

소나무 잔가지마다 어둠이 내리면
회색빛 괴롬 부둥켜안고
별이 쏟아지는 돌판 위에
생멸의 고독 새기다 보니
무상한 세월 보내야 했던 하 많은 날 지나갔습니다

황혼으로 물들어가는 늦은 오후의 쉼터
진달래 꽃술은 아기 바람에 흩어지고
붉은 이마 땀방울은 흰 구름에 떠다니고
어제도 가고 오늘도 가고

누구나 한번 왔다가는 生이 보입니다

주어진 오늘에 다시 단추를 채우며,

인생이란 한 갈피 두 갈피
일기장 넘기듯 사는 삶이라고
인생은 결코 멈춤이 아니듯
돌에도 인생처럼 결이 있고 흐름이 있다고
돌이 사람으로 흐르고 사람이 돌로 흐르니
모난 돌 다듬어지듯 사람도 다듬어지고

그러한 인생은 고여 썩지 않는 법이라고
묵상하듯 바라보는 돌과 사람 사이

고양이 털끝에 봄이 왔다

몰입

몰입은 목적어다
성취감을 위해 내달리는 100m 달리기 선수처럼
무엇을 위한 목적에 온 힘을 쏟아 무아지경에 이르게 하여
재즈의 음악이 흐르듯 자연스럽다가
급기야 즐거움에 다다르게 하는 것일진대
죽음의 몰입도는 어디까지일까를 생각해 본다

누구나 왔다가는 죽음,
그 순서가 다르기에 먼저 떠난 자 앞에서
눈물도 짓고 허망함으로 감정이입을 하고
이러쿵저러쿵 현실을 개념화시킨다

슬프기도 하고 무섭기도 한 죽음,
사람으로서 어찌할 수 없는 것이고 당연한 사실인 것에
사람들은 우주 은하계의 수만큼 심박수가 올라간다

며칠 후, 몇 날 후 죽음 앞에 똑같이 서게 될지니
죽음은 그저 떠나는 것이다
밤에 잠들기 전 그 순간의 몰입도는 죽음이다
삶과 죽음의 경계선이며

컬러에서 흑백으로 가는 길이며
미지의 장소를 향해 달려가는 달리기 선수이다
목적을 향하여 달음질하는 선수처럼
최선을 다해 몰입하여 달려가야 한다

가장 촘촘한 체에 걸러 고운 가루가 되기까지

누구에게나 닥쳐오는 죽음,
죽음으로 향하는 길은 몰입이어야 하고
키 낮은 휘파람을 부는 일이어야 한다

고양이 털끝에 봄이 왔다

무아의 텅 비어있는 모든 것은 아름답다

서쪽 하늘 노을지듯 사라지는 조각들
언제가는 반드시 이별할 숙명이라
사람도 세월도 흔적 없이 사라지고 마는 것을

어둠과 빛, 生과 死의 사라짐은 영원하니
기억에 남아있는 농축된 눈의 경계로부터
올올이 사라지는 것, 모든 것은 아름답다

우주에 몸을 실어 소리 없이 흐르니
공空속으로 불어오는 사막은 평온하다
무아無我의 텅 비어있는 모든 것은 아름답다

묵호항

어선의 등불은 어부의 얼굴이다

성난 파도에 뺨이 흔들린다

뺨에 배船를 올리고 거친 숨을 쉰다

하얀 밤, 무엇 하나 들어 올리지 못한 발걸음
어둠을 흔들며 깨우는 새벽처럼
성큼성큼 논골담길로 들어온다 그렇다
어차피 혼자 빈손으로 다녀가야 하는 생

오늘 죽을 지 내일 죽을 지 모를 바다 앞에
지그시 눈을 감고 나직하고 묵직하게
오늘을 떼어내는 어부에게 시침 떼기 항구는 말한다

채움과 비움은 시계의 추와 같음 아니겠냐고,
그렇게 생의 뼈는 굵어지는 것이라고,

백지장

봄날의 진동처럼 호수에 떠다니는 종이 한 장
누구도 돌보지 않는 종이지만 유유히 흔들리지 않았다
그것은 과거도 알고 있고 미래도 알고 있고
천지에 하나 있고 천지에 하나 없음에 초월한 듯하다
침묵에서 침묵으로 이어지는 저절로의 흐름으로
사물을 노래하며 하늘에 닿아 있다
비바람 몰아쳐도 가라앉지 않고
사소한 물결에도 치우치지 않는다
시간은 흐르고 날은 저물어도
종이 위에 먼지 한 톨 쌓아두지 않았다
한평생 이 골짝 저 골짝
달이 모였다 흩어지는 수천 날이 지나도록
아무것도 소리내지 않았다
느릿느릿 떠다니는 구름과 노닐다가
생을 헐어내며 건너야 하는 또 어느 곳,
바람 스며들어 키운 종이의 한 生처럼
흔들리지 않고 싶다

사랑에 빠지면 동백꽃 향기가 난다

알싸한 꽃향기는 사람을 아찔하게 한다

알싸한, 그 내음새
나뭇잎 한 장에 살포시 올려놓는다
가라앉지도 잡히지도 않고
헛배처럼 든든해지는 포만감
그 속에 비밀이 들어앉았다

세상에 환히 밝힐 수도 없고
새어나지 못할 방도를 찾느라
단단히 빗장 걸고 하늘을 가리지만
구름을 피하고 비를 피해
동백꽃으로 피어 들어오는 걸 어찌하랴

그 꽃과 향기
온 누리 진동한다

산이 꽃으로 왔다는 비밀
사람들은 알고 있을까

고양이 털끝에 봄이 왔다

실타래

속을 비워 내는 일은 간단했다
오른쪽 둘째손가락 목구멍 깊이 넣었다
먹은 것도 없으니 헛구역질 뿐이다
며칠이 지나도 나아질 기미가 보이지 않았다
그사이 푸른 잎들이 돋아났고
속으로 넓어진 나무 기둥은 비틀거렸다
새도 날아들지 않았다

어디서부터였을까
그녀와 내가 엉키기 시작한 그때가
뒤늦은 몇 번의 후회가 들어왔다
밤의 골목을 기다린다
골목길 어귀에 세워진 가로등 불빛으로
살빛 분가루 칠을 한 그녀가
해묵은 찻잔 들고 서 있지는 않을까

서걱거리는 바람이 지났다

그리고
꽃향기 가득한 봄날이 왔다

그 숨결에 기댄 꽃수레
길게 홀로 누웠다

뒤엉킨 눈물 속에서 뇌가 흔들렸다
비틀거리고 휘청거렸다

호흡마다 가쁜 숨,
눈가에 흐르는 작별
명주로 꼬아진 실타래 같았다

수만 가지 후회가 왔지만
이미 늦었다

고양이 털끝에 봄이 왔다

서로 다른 곳을 바라보는 사이

무표정한 사람들 걸어가는 뒷모습과
그에 반하여 걸어가는 사람들의 등 굽은 모습 사이
나뭇가지 뿌리는 땅속 깊이 뻗기 시작했다

여름의 초록 하늘까지 덮을 즈음
열대야를 건너온 새의 둥지도 생겼고
달짝지근한 칠월의 열매도 달려가는데

새의 깃털 같은 존재의 사람들과 그 사람
가난한 뜨락에 물빛으로 비친 나뭇잎 사이로
얼룩무늬 진 속살 다 들여다보았다

어둠 속 뒤척이다 아침이 오는 사람들

그렇게들 살아가는 사람들과 그 사람
다 그렇게들 살아가고 있다

새들의 울음소리도 그쳤다

도무지 알 수 없는 일이다

혁명은 레일을 떠나야 한다

뼛속까지 아린 바람 휘몰아치던 날
천국으로 가는 마지막 기차를 태웠다

기차 꽁무니 아득히 사라져갈수록
빨래방망이 두들기듯 가슴은 뛰었고
젖은 등은 싸늘해졌다
하늘로 오르는 길 거칠고 가팔랐지만
쉬지 않고 올랐다

이제 그녀에게는
하늘의 명命만 따를 일만 남아 있다

그녀가 지상을 떠나는 일은 혁명이었다
레일을 떠나간 혁명은 무참히도 짧았다

애간장이 내장을 타고 내렸다
일생에 흘려야 할 눈물 다 쏟아 내렸다

무지개 꽃길에서 여우비가 내렸다

심연

삶의 무의미함을 들여다보는데
그곳에 내가 있다
나는 너를 마주하며
궁극적 허무함을 발견했다
하늘의 공간에서 이내 녹는 싸라기눈 같았다
너의 사색과 너의 공간과 너의 하늘,
나는 너로부터 좀처럼 빠져나오질 못했다
푸른 바닷속에 빠진 달 같다가
더 깊이 빠지면 죽을지도 모르다가
오늘 밤이 지나고 내일이 오면
무슨 특별한 일이 있을까를 생각하다 잠이 들 테지만
일체유심조, 그 이상도 이하도 아닌 그 상태
어둠은 제각각 돌아가고
욕망을 잠재우는 의식 같은 것
그렇게 꼼짝달싹하지 못하다가 돌아온
생존의 개체
마음의 균형을 잃지 않으려는 원초적 본성
농익은 고독 같은 것
숭고한 죽음 같은 것

짙고
푸르고
깊다

고양이 털끝에 봄이 왔다

외양간에 소가 없어도

돈, 얼마나 좋은 것인지
우리는 그것을
세상의 영광 몽땅 그러모을 힘,이라 했다

그것이 우리 삶을 진정 배부르게 하지 못할진대
타는 태양처럼 욕망의 눈빛 이글댈 때마다
삶은 부셔져라 아팠다

단숨에 쫓던 것들이 재가 되는 세상사
누구는 부자로 누구는 가난한 자로
왜 우리는 구분하여 사는 것인가

세상의 가치에 은을 달지 말자
한 치 앞도 알 수 없는 암흑의 세상
진정코 잘 사는 사람,
사람다운 사람이 되고 싶지 않은가

마셔도 다시 목마를 돈
내 몸 껍질에만 붙어있을 돈

외양간에 소가 없어도
언제나 새벽은 오는 이치이고 보면

밤하늘 온기를 나누는 초승달처럼
우리, 그렇게 살아가야 하지 않겠는가
그렇지 않겠는가

고양이 털끝에 봄이 왔다

죽음보다 무서운 건

나는 죽는다
누구나 죽는다
우리 모두는 언젠가 죽는다는
절대 변할 수 없는 진리
아주 멀리 있을 수도 있고
어쩌면 바로 내일일 수도 있다

동쪽 하늘 어두워지고
푸르던 하늘 조각조각 부서진다
내 머리가 태양에 무너져 내리고
내 눈은 두려움에 떨고
나의 혈관이 낱낱이 부풀어지는 일

마지막이 존재한다는 진실은
절대 불변이다

지독한 태풍을 견디어내야 하는
그 마지막,
나의 존재가 온전히 사라지는 일
어쩌면 사라지는 것이 아니라

저 너머에 다시 나타나는 일
그것은 진흙투성이에서 피어난
비극의 꽃,
그림같이 선명한 증언
나는 그것을 받아들이기로 했다

그러나
죽음보다 두려운 건
오랜 슬픔이다

고양이 털끝에 봄이 왔다

흐르다 멈춘 곳, 그곳

나아갈 길도 없고
뒤돌아설 길도 없다
멈춤이다

그곳이 절벽이 아니었으면 좋겠다
그 아득함, 묵상하듯 바라보고 싶다
가진 것 하나 없어도 만족했으면 좋겠다

목련꽃 봉오리 경건한 촛불처럼
땅 위의 등불은 장등을 켜고
그 끝에서 다시 새로운 세계였으면 좋겠다

그냥
그렇게
그곳에서 다시,
가볍고 싶다

둘,
한 치 앞도 모르는

고양이 털끝에 봄이 왔다

겨울산 기슭에 매달린 천근의 추가 흔들렸다
처마 끝에 비쩍 마른 명태의 울음소리는
밤을 삼켜버렸고 겨울은 지고 있다

머지않아 피어날 꽃을 향하여,

얼음장 같은 시간은 사라지고
산그늘 그림자 산산히 흩어지는 봄날
하늘을 달리던 아기 고양이의 낮잠
섬세한 꼬리 흔들며 기지개를 켠다

추위를 거치지 않고 봄은 올 수 없다

대청마루 햇살 따라 치켜든 방울 소리
빈 화단에서 어둠을 들추는 소리
흔들려서 환한, 들추어서 밝히는 후음

오동나무 문설주에 立春大吉이라 쓴다

관심

사물이든 사람이든
마음이 갈 때
마음이 쓰일 때
그것으로 인하여 전해오는 관조

사건이든 사고이든
그것을 제대로 알아가는 처지

바람의 방향성을 알아가는 일
새로운 세계로 들어서는 일

그것은
세상을 넘어
너에게로 들어가는 일

나는 누구인가

빛바랜 시간 헤매이다 걸음을 멈추었다
처절한 오한으로 흩어진 증언
자유를 향한 목소리가 들려왔다

단절된 다섯 가지 감각이 살아난 듯
그렇게 수많은 꿈을 꾸었다

내면에 앉은 내가 보였다
어둠과 빛의 의식에서 집을 짓고 있었다

그것은 세상과의 혼란스러운 경계였다
집을 지어 세상을 만들었던 욕망은
점차 모래성처럼 사라지게 될 것이다

온종일 한 끼 밥을 위해 헤매는 영혼

나는 누구인가

어떻게 혼란을 멈출 것인가

나로 사는 시간

시간의 틈을 내기로 했다
그 순간만큼
오로지
나를 위한 시간
나와 마주하기 위해
외부의 소리로 들려오는 이름이 아닌
내 안의 이름을 찾기로 했다

견고한 순간
그런 순간이 쌓이면
어느 순간들이 모여
내가 되어가는 것일 테다

나를 되찾기까지
이미 늦은 건 아닐 테다
그러니 조급해 하지 않아도 괜찮다

나를 찾아 떠나는 길
붓끝에 머문 여백
그 속에 내가 서 있다

봄밤이 울어댄다

봄밤이
혈관을 타고 들어온다

하늘에서 땅까지
매화향 가득한 언덕 밑으로
그리움의 탑을 세운다

낮에 울던 새의 날갯짓
메마른 가지에 봄이 앉았다

소리도 없이 바람이 분다
천형처럼 서럽게 가뭇없는 봄밤
사념의 붓끝에 쓸쓸함이 머문다

봄이 운다
밤이 운다
봄밤이 울어댄다

꽃자리에 주저앉아 울어댄다

고양이 털끝에 봄이 왔다

누군가 내 이름 부르는 날까지

세상의 모든 사물에는 이름이 있다
이들은 평생 같은 이름으로 살아간다
작은 시골 마을이거나 크고 화려한 도시이거나
봄을 피우는 꽃들에게도 이름이 있고 잔설 남아있는 산
에도 이름이 있다
출석을 확인하기 위해 이름을 부르고 앙상한 기억으로
가물가물해질 때마다 다시 이름을 기억해 낸다
이름 없는 사물이 없듯 이름 없는 사람도 없다
제각각 이름에는 사연이 있다
소망이 담겨있기도 하고 무탈을 바라는 유의미한 존재의
가치를 가진다
나만의 고유부호인 이름은 내가 아니라 남이 더 많이 사용
한다
누군가 사물의 이름을 불러줌으로 특별해진다
그 이름 하나 지키기 위해 평생을 살아가다가 이름과 함께
세상을 떠난다

잠에서 깨어나면 기억이 흐릿해질 때가 있다
별의 목소리가 들리는가 하면 몽환적 판타지 같은 신비가
봄날의 안개처럼 드리울 때가 있다

미래 안에 황혼의 시간은 짧은 번뇌다

타인이 그 이름을 부르는 순간 다시 미래가 연결된다
번뇌를 잊게 한다
살붙이 감각들 살아 움직인다

이름이 정지되는 순간
의식의 흐름도 멈춘다
세상의 모든 것은 끝이 난다
좋은 것고 없고 싫은 것도 없다

밥 한술 뜨자
누군가 내 이름 부르는 그날까지

고양이 털끝에 봄이 왔다

버려진 우산

빌딩 숲 도시 한쪽 모퉁이에 버려진 우산
덩그러니 바람에 나뒹굴고 있다
그 옆에 죽은 새,

하루치의 일과를 마친 고된 노동의 결과처럼
비가 오거나 눈이 오거나 혹은 따가운 햇살이거나
폈다 접었다, 최선을 다해 제 일 했을 뿐인데
이쁘고 편리한 우산이라고 사람들마다 자랑하던 때는
언제이고
살대 하나 망가졌다고 고쳐 쓸 궁리조차 하지 않고
단숨에 내팽개쳐졌다
죽은 새의 발목처럼,

우산은 다가오는 내일이 무섭다
바람이 불 때마다 살대 하나씩 뒤틀리고
찢기고 널부러져 영영 돌아갈 수 없다
더 이상 날개를 펴지 못하는 새처럼,

어둠의 깊이에 빠진 우산은
폭우 쏟아지는 소리만큼 울었다

죽은 새가 보였다

간밤 우산이 흘려보낸 울음처럼
나 또한
아무짝에도 쓸모없는
우산 같은 신세는 아닐까

살아온 날들은 어디로 사라진 걸까

해는 떴으나 깜깜한 낮
맥진 몸 추스르는 그 마음 하나

꼬리 물고 물살 가르는 오리떼
물빛 사이 비치는
살아온 날들의 허기

빛깔도 없고
향기도 없고
사람도 없다

목숨같이 살아온 날들
어디로 간 것일까

알다가도 모르겠다

시 같은 꽃이 피었다

침묵, 하루를 꼬박하고
꽃이 피었다
시 같은 꽃이 피었다

거친 땅에 해는 길어지고
바람과 허공의 무아지경

언덕 비틀길 넘어
봄날 한가운데
꽃이 피었다

길고 긴 겨울을 보내고
나의 공간에서
꽃이 피어났다

춤추는 오로라 공주처럼

홀 잎새 초록에서
꽃이 피었다
시 같은 네가 피었다

시, 달빛 사이로 네가 왔다

뜰에 앉은 달빛 사이로
구만리 길 네가 왔다

상심의 하루 묵상 같은 날
함께 나눌 수 있는 네가 있다는 게
얼마나 깊은 밤의 위로가 되는 건지
빛바랜 비명에도 말갛기만 한 너는
울음과 웃음 사이에서 마음 둘 곳 없을 때
바다와 솔숲으로 나를 데려갔다

약한 것에게 마음 한 장 더 얹어 자리한
네 생각만으로 시를 짓는 하루

되돌아보지도 말고
아픈 상처 헤쳐 나갈 힘
끝없이 따뜻하게 끝없이 슬프게
한없이 빛나고 한없이 작게
매 순간 높은 곳에서 낮은 곳까지
가만가만 어깨 위에 손을 얹는 문장들

별이 흐른다
시가 흐른다
네가 왔다

고양이 털끝에 봄이 왔다

안갯속에서 실존을 바라본다

새가 날았다
젖은 하늘 위를 나는 새
시공을 넘어 우주와 하나가 되는 황홀경
잔설 남아있는 봄볕의 춤사위다
찰라의 의식이다

나무는 새의 날개 속에 숨었다
스스로 고요를 관조하는 중이다
지그시 눈을 감고
어제의 이야기들 속에서 꿈을 꾼다

섬에는 안개 가득하다

바람이 부는 대로 바라보는 새의 눈
존재하는 대로 존재하는 나무의 눈

해가 기우니 세상은 고요하다
아득한 잔상, 세상은 흐릿하다

빌딩숲에서 연명하던 안개처럼

모든 하루하루는 곧 사라진다

존재 속 부재다

결국 모든 건 사라진다
새의 춤사위처럼

여보게

여보게
길을 가다 막히는 게 있으면
슬며시 돌아가면 되고
가슴까지 타들어 가는
태양을 만나면
뱃속까지 시원한 샘물 한 잔에
목을 축이면 되고
그리 넉넉한 노잣돈이 아니라면
풍요로운 자연의 바람
주머니에 가득 넣으면 되고
긴 여독으로 심신이 피곤해 지쳐 올라 치면
이름 모를 산 밑에 새로운 둥지 하나 틀고
나그네처럼 누우면 그만이지요

아무리 보아도
인생사 새옹지마
다 그렇고 그런 것 아니겠는가요

인생

너의 뒷모습 저녁놀 아픔이라
그렇게 날 두고 떠나갔지만
울고 웃던 네 모습 너의 빈자리
남겨진 너의 자리 바람만 분다
깊은 상처로 앉은 자리 되돌릴 수 없으니
인생을 알기 시작하니 너는 떠나고
이것인가 하면 저것이고 저것인가 하면 이것이고

인생 그것은 한 줌 흙이더라
등 돌린 사람 사이 눈시울 적시는 밤
이별의 눈물이 심장으로 흘러
그리운 갈피마다 바람만 분다
빗물처럼 흐르는 눈물 멈출 수 없으니
인생을 알기 시작하니 너는 떠나고
이것인가 하면 저것이고 저것인가 하면 이것이고

고양이 털끝에 봄이 왔다

왜 괴로운 일이 생겼을까?

세상과 나는 자주 충돌했다
너울 솟구치듯 괴로웠다

그것은 나로 인한
마음의 습관 때문이었다

그림같이 선명한 겨울밤
나라는 실체를 없애는 無我

나의 선입견을 괄호 속에 넣고
밤하늘의 별을 보듯
의식의 확장을 길어 올리는 습관을 갖게 되었다

땅이 꺼지게 근심 걱정 해 봐야
변하는 건 털끝도 없다는 것을 알아차리고
나는 지금 여기 나에 대하여
매 순간 후회 없이 사는 삶을 선택했다

어차피 인생은 차가운 얼음장 같은 것

푸른 초록 벗 삼아 살기로 했다
오가는 파도 소리 귀 기울이기로 했다

이따금
나도 평화롭고 싶다

자유하게 해 주십시오

은혜는 돌에 새기고
원수는 물에 새기어
미움의 기억조차 없어지게 해주십시오
용서는 나를 위한 것이니까요

당신 안에서
나를 바라보게 하시고
미움을 바라보게 하시고
원수를 바라보게 해 주십시오

나에게 용서할 수 있는 힘을 주십시오
이 모든 것은 나를 위한 것일지니
사람과의 관계에서 생산되는 미움이
나를 망가뜨리지 않게 해 주십시오

당신께서 주시는 감사와 은혜로
사람을 용서하고 덮고 잊고 사랑하게 해 주십시오
마음속에 있는 불타는 증오와 억울함, 독한 분노에 대하여
용서할 수 있는 힘을 허락하여 주십시오

아픔과 미움과 상처가 달빛 사위어가듯
바람처럼 흩어지고 봄처럼 녹아지고
갈팡질팡 마음에서 끊어지게 해 주십시오
독사의 독처럼 아픈 상처에서 머물지 않도록 해 주십시오
그리하여 영원히 기억하지 않았으면 좋겠습니다
이것이 지친 몸과 창백한 마음을 다스리는
나를 위한 길일 테니까요

당신께서 주시는 기쁨, 은혜, 사랑만으로
희망의 별을 달게 해 주십시오
그리하여 숲길 따라 걷게 해 주십시오
그 길 따라 자유하게 해 주십시오

고양이 털끝에 봄이 왔다

탈출해도 다시 바다

고독이 바다에 빠졌다
근거 희박한 편집성 고독은 중독성이 강했다
이리저리 둥둥 떠다니는 그것은 독성 해파리 같았다
파도를 뚫고 튀어나오는 포말로 잠시 부서지는 듯했으나
다시 바다!
탈출해도 다시 바다
신경성 환자로 취급받던 고독에게로부터
생물들은 피했다
코르크가 빠진 술병이 바다에 떠다녔다
어디든 붙들고 싶던 고독은 병 속으로 들어갔다
파도가 따라 들어왔지만 이내 사라졌다
홀로 물끄러미 병 밖의 바다를 내다보다가
더듬더듬 어둠이 내렸다
바다는 이미 깊었고 암흑이었다
목줄기를 휘감은 어둠 파들파들 무서웠다
저 먼 곳까지 나가기엔 힘에 부친다
고독의 바다!
깊게 빠질 만큼 빠져보는 거다
주저앉아 오던 길 되짚어보는 거다

모진 너울을 몸에 익히고
흔들리지 않고 견디는 거다

물고기뱃속 요나의 신앙고백처럼,

고양이 털끝에 봄이 왔다

탯줄

아기는 축복이다
중독성 강한 웃음소리다
아기는 엄마와 연결된 탯줄을 끊고
스스로 호흡한다
스스로 헐떡이며 젖을 당겨 양분을 섭취한다
서른 몇 해 전
아기를 낳기 위해 탯줄을 끊었을 때
아기는 큰 소리로 울었고
나는 그 울음소리로 건강한 아기임을 알아챘다
그날이 아기에겐 생일이 되었고 나에겐 해산날이 되었다
짜릿한 감전의 고통으로 탯줄이 끊길 때
너와 나의 몸은 분리되었다

그믐달의 치맛자락 흰나비 날갯짓으로 펄럭이기 시작했고
한울음 만발하여 천지를 울렸다

이제
너와 내가 되었다
엄마의 탯속에서 분리된
너와 나의 육체적 이별이 시작되었다

너는
눈 위에 발자국 찍으며 살아갈 것이고
나는
발자국 지우며 너에게 길을 내줄 것이다

그렇게 우리는 요물 같은 인생길에서
한판의 게임을 하고 있는 지도 모를 일이다

한 치 앞도 모르는

아무도 몰랐다

뜬금없이 닥쳐오는 일
예기치 않았던 사건
생각지도 못했던 인연

불행 끝 행복의 시작 같다가도
제발 오늘 밤 끝으로
불행이 끝나길 바라는 기도

사람들은 그랬다
다 그런 거라고
풀벌레 울음소리 같다가도
풀꽃으로 웃는 소리 같은 것이라고
본래 다 그런 것이라고

산모롱이 돌고 돌아보아도
끝끝내 보이지 않는 길

그 길 어디로 가든
뉘엿뉘엿 해지는 길 따라가는 것이라고

꽃이 피기 어려워도
한순간 지기 쉬운 것이라고

별다른 거 없다고
하나도 없다고

고양이 털끝에 봄이 왔다

셋,
산모퉁이 돌아 너에게로 갔다

그 거리만큼 그립다

11월의 나는
봄을 기다리는 바람처럼
노을 진 우체국 앞을 서성인다

강바람 굽이쳐 흔들리는 11월
끝인 줄도 모르고 끝이었던 그날
그리움 휘몰아 휘청거리는
도무지 알 수 없는 생과 사
어둠 걸친 하현달에게 묻고 싶다

밤하늘 한 점 별이 된 그곳,
네가 사는 그곳의 거리는
백 리쯤 되는 걸까
천 리쯤 되는 걸까
아니면
갈 수 없는 거리만큼 일까

도무지 알 수 없는 그 거리

그 거리만큼
그립다

고양이 털끝에 봄이 왔다

나의 식탁에 너를 초대할게

노을빛 하늘 종달새는
신선하게 풀피리 불고
청개구리와 메뚜기는
식탁 위를 뛰어놀 테지

동이 트기까지 우린
일상의 나래를 접고 하늘을 날게 될 거야

모닥불에 잘 구워진 노란 옥수수 알갱이
한 알 두 알 손톱으로 까먹으며
머리 위 올려진 고통의 사색을 비우고 우린
밤새 이야기를 길어 올리게 될 거야

물론 바다는 잠들지 않을 것이고
오가는 파도는 수없이 찰싹거리며
우리의 식탁에 끼어들 테지

우린 피식 웃을 수도 있고
배고픔을 달래느라 너털웃음 지을지도 몰라

잠시 눈을 감고
꽃무늬 수놓아진 별들의 소리
쫑긋 귀를 기울이는 사이
월척으로 낚아 올린 달은
우리를 비추고 있을 거야

그러면 우린
세상을 다 얻은 것보다 더
행복할지도 몰라

물론
하루가 다 저물기 전에
네가 와준다면

고양이 털끝에 봄이 왔다

꿈에

십 리쯤 펼쳐진 구름밭
넋을 잃고 바라보는데
금세 그라데이션처럼 물들어
천날 동안 기다리던 그리움으로 변했다

깔깔깔 웃어대는 나무이파리도 보였고
하룻밤 쉬어가는 달빛 토끼도 보였고
연연한 봄, 고운 한복차림의 어머니도 보였다

물오른 버들피리 소리에
어린 양의 구름이 흐르고
시원한 바람 맑은 하늘에
노을빛의 강물이 흘렀다

이 봄 다하도록
마냥
바라보고 있으면 좋겠다

태초로부터 시작된 꿈
깨어나지 말았으면 좋겠다 싶은데
새벽 첫닭이 울었다

빛바랜 기억

가을은 끝이 났다
예정대로 겨울이 올 것이다
황량한 들녘에 소쇄한 바람이 분다

고개 숙인 해바라기 성성한 대궁 사이
한 생으로 다가오는 11월,
성성한 별빛 가파른 산에 닿아 있다

빛바랜 가을, 목 베이는 아픔
마른 덤불 사이 서성이는 사유의 숲속
그리고 다시 그 자리
낙엽보다 짙은 사념

뜨거움도 없이, 붉다

묵향의 가락처럼 해맑게

그립습니다
내 삶의 전부가 되었던 그대가 그립습니다
몽땅 내어주어도 아깝지 않으시다던
그대가 그립습니다

고적한 세월 나를 품어오신 당신
당신께서 가르쳐 온 조롱조롱한 마음
수천 날 견디어온 혼백의 사랑

긴긴날 사무친 나래를 펴고
묵향의 가락처럼 해맑게
삼삼히 머물렀던 그 자리

발왕산 천년 주목 숲길
살 속 파고드는 그윽한 향내

나 이제 골 깊은 그 자리에 비집고 들어가
당신의 삭은 허리에 경혈이 되어 드리오니
오늘은 나에게 암호처럼 기대시어
흰 구름 반석 위에 산빛으로 물드소서

나무 위 걸터앉은 하늘빛으로 자유하소서
자유하소서
자유하소서

고양이 털끝에 봄이 왔다

바다 울음소리

파도에 밀려오는 달빛은
먼바다 울음소리입니다

천지간 울리고도 모자란
사자 울음소리입니다

바위섬 옆구리에 끼고돌아
부석거리는 파도의 물거품은
모진 세월 어혈을 풀어내는 소리입니다

그 소리 들려오는 덜컹거리는 슬픔
손톱 발톱 몽땅 짓물러도 오지 않을 그대여,

바다 가까이 아물아물 서성이는
해국의 통증으로 하늘과 바다는 만났는데
한 줌 흙으로 허물어진 당신은
꿈속에서라도 다시 오지 아니하니
기다림에 지친 생의 꽃살에 이는 울음이여,

갯바위 비스듬히 붙어사는 11월의 해국처럼
당신도 그렇게라도 살아계셨더라면
좋았을 텐데요
참 좋았을 텐데요

고양이 털끝에 봄이 왔다

산모퉁이 돌아 너에게로 갔다

태풍이 지나갔다
작은 바람에도 휘청거리는 마가렛꽃
반쯤 뿌리가 뽑힌 채 구부러진 등골뼈
바람에 시달린 흔적 예사롭지 않다

그 흔적, 내게 몸살로 찰싹 달라붙어
붉은 허공 속 나비가 되어 허름한 비에 젖어가는데
아득한 너는 말이 없다

산다는 건 흰나비가 되어
푸른 파도의 너울을 부서뜨리며
너에게로 이어지는 길일지도 모른다

외로워서였을까

하늘로 가는 여울목
산모퉁이 하얀꽃
허리도 펴지 못한 채 탄식하고 있다

이 생 너머 저 생

가깝고도 먼
그리고
이미 아득한,

고양이 털끝에 봄이 왔다

쉼표가 필요해

나는 어디서부터인가 왔고
육체도 얻었고 삶을 얻었다
별로 가진 것도 없으면서
상처가 있고 어둠이 있고
혼자 앓아눕던 하루를 배웅한다

내면의 힘이 무거울 때
바닷가 뜰로 여행을 한다
햇살 빨아들인 파도와 마주한다

잘라내야 다시
새로움이 온다는 각오
뫼비우스의 띠처럼 엉킨 가지를 자른다

울컥 북받치는 목울대
불을 지펴서 태운다

쉼표를 그리는 연기
하늘로 오른다
하얀 꽃처럼 창백하다

오가는 파도의 무늬
곡선으로 흩어질 때마다
잘방잘방 흙 묻은 발을 씻는다

잠시 쉬어가야 할 때다

고
양
이

털
끝
에

봄
이

왔
다

슬픈 일몰

인생의 하향길 정점에 다다른 아버지의 계절은
입춘도 지난 막바지 겨울이다
쭈글쭈글 살얼음판 구깃구깃 흔들리고 있다
겨울의 차가움 속에서 개기일식 같은 나는
발부리에 차이는 을씨년스러움을 줍는다

어릴 적 할머니의 다듬잇소리라도 들으시는 걸까
어디에선가 바람의 소리 들려올 때마다
머뭇거리는 시선은 흐릿한데
사무치게 지는 해는 천연덕스럽게 서산을 집어삼켰다
저문 저쪽 세상에는 황금 나라가 있을지도 모를 일이다

한밤 내내 잠을 이루지 못하시는 아버지의 주름
기억의 낱장을 떼어내듯 하루하루 날짜를 짚어가는
아버지의 바스락 손가락은 여분이 없다
아내가 돌아가신 이후 수십 년 동안
혼자 살아내셨던 아버지 오늘은 엄마가 왔더라 하셨다

감전된 아픔,
자리할 공간을 찾으시는 아버지의 닫혀가는 문

아버지의 공간에서 나는
오늘 밤도 차마 소등을 하지 못한 채 문밖으로 등을 돌렸다
그믐달 언저리에 걸쳐진 낡은 주름 색 바래어 가고 있다

시의 울림

현남면 바닷가 휴휴암엔
하늘 가득 실은 태양
혼절하듯 파도를 부수고 있었다

바다새 하늘의 행간을 날고
백설기 같던 구름 흔들릴 때
동아줄에 매달린 범종을 내리쳤다

바람의 힘을 빌린 한숨의 후음
세속의 번뇌를 벗기는 하늘의 소리는
한 생의 봄볕처럼 적요로이 퍼져 나갔다

그 무엇도 채우려 하지 않았다
무수한 세월 속에 부스럼만 짙은 공허의 집

연연한 마음 끝에 매달린 詩
새벽 범종의 울림이었으면 좋을 뻔 했다

천 개의 바람

흘러가는 세월에 번뇌를 내리고
파릇파릇 청산에 어혈을 풀어내니
높이 떠 있는 달이 보이고
창공을 흔드는 별이 보이네

나무 등걸이에 쉬어가는 구름
더 이상 오를 봉우리가 없다 하고
한낮 깊은 오수午睡에 젖은 꿈
날빛 한자락 산마을 넘어가네

누군가
인생이 무엇이냐 물어오면
어느 머언 별에서 온
천 개의 바람이라 대답하려네

고양이 털끝에 봄이 왔다

* 북대미륵암 나옹대에서

어긋난 목소리

양심으로 오르는 길
오늘도 평탄치만은 않았다

빨리 끝이 나길 바라는 영화처럼
두렵고 무서웠다
왜곡 되거나 실타래처럼 꼬이거나
몽롱한 꿈과 같이 섬뜩했다
어쩌면 그것은
암흑 세상 속 존재로 불안에 떨게 했다

양심 있는 사람은
아무것도 모르겠다는
수수방관의 자세가 되어서는 안 된다고
양심과 마주할 순간을 놓치면 안 된다고
선하게 말했던 그 사람의 눈 빛깔
오늘은 희번덕거렸다

옳고 그름을 판단해야 할 때
무조건 예,를 따르라고 명령했다

아니오,의 길
그 길은 어긋남이거나 비난당하기도 하나
결국 옳았다

계란으로 바위를 치는 일이라 할지라도
어긋남의 목소리가 있어 오늘은
그저 좋았다

고양이 털끝에 봄이 왔다

이별 후에

명자꽃잎 사이사이
겸손히 내려앉은 초저녁 달빛
허심한 뜰에 앉은 눈물겨운 저녁
한 자락 설익은 바람 돌아서는 등 뒤로
텅 빈 베갯머리 그녀의 흔적

욱씬욱씬 쑤셔대는 등골의 숨소리 거칠다
긴 여운 바람 따라 더 이상 슬퍼할 수도 없이
그믐달처럼 사위어가는 생

발치 세운 봄처녀 제 오시옵고
초승달로 다시 피어날 그날이 오면
가볍지 않은 침묵으로 당신 맞이할 텐데
설움만 남겨놓고 그리 서둘러 떠나가시다니요

섬돌 위 남겨진 신발 주인 없이 문드러지고
몇 번의 눈雪 쌓이다 녹고 쌓이다 녹는데
살아있다는 이유 하나로 옹이 박힌 생
그대는 언제 다시 오시려나요
알아들을 수 있는 말이라도 해주셔야지요

기다림이라도 있어야
그래야
나도 살아내지요

고양이 털끝에 봄이 왔다

이팝나무, 어머니가 돌아왔다

어머니가 돌아왔다
조곤조곤 살피어 꽃길로 돌아온 어머니
빛바랜 머리카락에 하르르 윤기가 흐른다
나풀 날아든 은빛 나비, 더 이상 오르지 못해 안달이다
날갯짓 한 뼘만 더 올라치면 닿을 수 있는 거리일 듯한데
아흐, 이별 후 아득했던 거리만큼 멀다
아들딸 오 남매 키워내신 어머니
어머니의 흔적, 바람에 살가운 전설의 밤
이 밤 다하도록 혼질의 날갯짓
적요한 뜨락에 낙엽지듯 구슬프다

백발이 된 어머니가 돌아왔다
고래등 같은 기와집에 살아보고 싶다 하셨던 어머니
증손녀 손바닥만한 타원형 기왓장에 주린 배를 잡고 오셨다
하늘까지 찌를 듯 어머니 냄새 진동한다
땅끝까지 흐를 듯 가는 세월 뜨겁다
창문 밝히어 잠들지 못하는 하얀 밤이고 보면
여지없이 입하 즈음 되었다

어머니, 비틀거려 주저앉지 마시어요

아득히 먼 길에서 백발로 오시어
다시금 꽃 피우셨으니
다시는 꽃잎 떨어지지 마시어요

고양이 털끝에 봄이 왔다

좋은 시

새알 단팥죽으로 저녁을 먹고
새알, 작은 것을 크게 확대하기도 하고
새알, 큰 것을 작게 줄여서 바라보는 시선

때때로 세상을 빗금으로 바라보고
때때로 세상길 돌아서 가기도 하고
때때로 세상에 호구도 되어도 보고

도무지 알 수 없이 저무는 바람결에서
그 사람의 기억을 복사하는 일이 되고

슬픔 지고 여울목 걷는 그 사람에게
웃음처럼 눈물처럼 다독이는 말처럼

괜찮아 괜찮아
그래도 괜찮아

심장박동 빠르게 움직이어
쉼 없는 보다 많은 사람에게
여여한 마음 한 조각 선물하는 시

누군가의 그늘이 되어주는 시
누군가의 우산이 되어주는 시
누군가의 샘물이 되어주는 시

시
그런 시

고양이 털끝에 봄이 왔다

하늘과 땅, 그 사잇길

엄마의 하늘은 푸르고 나의 땅속은 붉다
푸름은 하늘에 있고 붉음은 땅속에 있다
하늘은 그리움이고 땅속은 불길이다

하늘에 피어있는 색색의 꽃밭은
한 생에서 떨어져 나간 우주 끝이고
여름날 땅속에 피어난 꽃밭은
사막의 솜이불이다

엄마의 하늘은
무지개 저 너머 돌아갈 길에 있다
토끼 소 강아지가 뛰어놀고
천사도 있고 문지기도 있을지도 모를 일이다

그러고 보면
엄마와 나의 거리는 까마득히 먼 길이다

태초에 한 몸이었던, 그 사잇길

돌아올 수 없는 아득한 길

검은 구름과 흰 구름만
하늘 땅 오르내린다

호수에 젖은 달

초가을 건들장마가 어린아이처럼 칭얼거렸다

달빛 안고 있는 그녀가 보였다

빗무리처럼 아른거리던 세상이 환해졌다

사위고 남은 살빛 기억들

젖은 달빛 렌즈로 들어왔다

따뜻했다

홍시

휘어진 마른 가지 매달린 붉은 속살
바람이 스쳐 가면 눈물 또한 글썽하니
울타리 모서리 끝에 까닭 모를 그리움

그 누굴 기다리며 지칠 줄 모르는가
이 골짝 저 골짝 봉긋이 서러우니
긴 밤에 생을 다해도 오지 않을 그 사람

서리밭 찬가지에 가녀린 몸 누이고
장독 위 눈 내리면 행여나 그대일까
울음꽃 터지기 직전 꽃불 같은 마음씨

고양이 털끝에 봄이 왔다

넷,
시처럼 아름다운 슬픔

걸상 바위

새들 모여 앉아 글을 읽는다
데굴데굴 문장이 굴러다닌다
오가는 파도에 장단 맞추어
가나다라마바사 길고도 짧게
소리 없이 읽고 소리내어 읽는다

새들 모여 앉아 편지를 쓴다
토득토득 토드득 손길 바쁘다
돌멩 사이 흩어지는 오후의 햇살
푸른 바다 붉은 해 들썩이는 바람
아리땁고 물색 고운 강문의 바다

무늬 진 꽃구름 오르내린다

하늘과 바다 사이 신호를 잇는다

고양이 털끝에 봄이 왔다

*걸상바위는 강릉시 강문바다에 있는 바위 이름

101

가지치기

생채기 같은 하루 헤매 돌 때
만날 수 있는 벗이 있다는 건
행운이다
푸른 날개 타고 구름 위를 날았다
섬으로, 그 섬으로
코발트빛 하늘 맑은 그 섬에 가면
세상사 굴곡의 세월 거친 풍랑도
끝끝내 아무 일도 아닌 일이 되고
잠잠할 수 있는 마음이 되는 일이다

섬 바람에 고삐가 휘어지는 꽃
체리세이지를 데려와 화분에 심었다
삽목도 하고 가지치기도 했다
가지를 잘라내는 처음의 마음은
몹시 미안함이었다가
살짝 눈시울 붉어지다가
가지치기를 적당히 해주어야
생장이 좋아진다는 말에
뻔뻔하리만큼 잘라내기의 손놀림 능숙해졌다

앞뒤 옆구리까지 잘려 나가고
핏기 잃은 통증 앓고 난 후에야
다시 튼실한 꽃을 피워낸다는
소문 같은 믿음은 명쾌한 진리였다

그 섬에서 소식이 왔다
이내 죽을 것 같던 체리세이지가
싱싱하게 예쁜 꽃을 피워냈다고 했다

사람도 어찌 다를까를 생각했다
시든 잎은 잘라주어야 다시 새잎 나올 수 있으니
사람에게도 가지치기가 필요하다는 것을 깨달았다

덕지덕지 누런 고름 꺼림직한 접선
아프고 고통스럽고 안타까울지라도
짜내고 자르고 베어내어야
나무도 살리고 사람도 구하는 일인 것을

고양이 털끝에 봄이 왔다

고백 _ 동백꽃

좋아한다는 말 대신
잔소리만 늘어놓는 그녀

그럼 어떡해요?
연애 한 번 해본 적 없는 나는
알 도리가 없던 걸요

속치마 속 몰래 넣어 온
따끈한 감자가 아니었다면
사랑의 힘을 어찌 알았겠어요

그냥 주고 말지
느그집엔 이거 없지?
이건 또 뭐예요

지질이 눈치도 없던 나는
한나절 꿈을 꾸던 벼슬 낮은 촌닭
제물로 삼고 말았네요

사랑에 서툰 여자애와
어리석은 사내의 슬픈 이야기예요

*동백꽃 : 김유정 소설

그대의 안부가 그립다

며칠 동안 내리던 비가 그쳤다
눅눅해진 이불 홑청 꺼내 들고
이리저리 햇살 들어오는 창문을 찾았다

봄볕 따스하게 내리는 곳에
이불 홑청을 폈다

하얀 모래의 사막처럼
빛의 반사가 전해져
스스로 분열하는 햇살은
두루 눈이 부셨다

불모지 사막에서 홀로 외줄 타는 햇살
이불 홑청 사이로 소란하게 바람이 불었다

햇살과 바람에 내맡긴 자연의 흐름처럼
살얼음판 길컨 맨발로 떠난 그대

텅 빈 하루,
그대 생각만으로 꽉 채운 오늘
그대의 안부가 그립다

고양이 털끝에 봄이 왔다

그루터기

타원형 의자에 아슬히 떨고 있는 새벽이슬
늑골에 스며든 바람 나를 일으켜 세운다

나이테에 감아 도는 소소리바람
지난 시간 품어온 곱돌의 감촉

거친 살결 드러내놓기도 하고
하얀 거품 게워 내듯 색바랜 속살

홀로 길게 누운 촛불의 그림자처럼
내 인생길 지팡이 같던 혼불이다

뜨겁기도 하고 차갑기도 한 빛의 이야기와 같은 나는 과거와
미래를 오간다
내 생의 지난날은 어떠했으며, 격렬한 저녁놀의 흔적은
어떠할 것인가
군데군데 푸른빛을 띠는 구름은 여여하다
바삭바삭 말라가는 시간의 뒤로 흩어지는 낙엽들, 휘청
거리다 흔들거리다
품고 있던 욕망을 내려놓는다

신고 있던 신발을 벗고 맨발로 하늘 향해 누워보는 순간,
잡다한 생각으로 눈에 고인 회한의 시간이 지나간다 그
아름다웠던 순간들이 흔들린다
가난했어도 외로웠어도 행복을 빚어내며 살아냈던 순간들
모든 것들이 떠나간 자리, 입동이 지나고 겨울은 이미 와
있다

이제 세상이 보인다
하늘이 보인다
내면이 보인다

그루터기 안에 나의 존재가 있다
살빛 달처럼 다사롭다

느림의 길

여여히 흐르는 강물처럼
때에 맞게 걸어가고 싶다

하르르한 햇살의 오후처럼
천리天理를 따르며 살고 싶다

모퉁이 돌아선 무아지경無我地境
그 마음 하나에 몰입하고 싶다

해가 지면 달이 뜨듯
어스름 달밤 피어난 술잔처럼
인생길 둥글게 굴러가고 싶다

욕망으로 얼룩진 욕심 멀리하고
손 뻗으면 닿을 만큼만
딱 그만큼만 가지고 싶다

입덧하듯 경멸하던 속물의 세상
어그러진 마음 다시 정돈하고 싶다

여울목에 돌다리 놓고
앞서거니 뒤서거니
아니
나란히 걸어도 좋을 맨발

그렇게 살고 싶다

마음씨

천하를 들었다 놓아도
그 마음 하나
알 수 없는 것

이것일까
저것일까
선택의 기로에서
욕망을 따르지 않아야 하는 것

올라가는 길보다
내려오는 길에서
중심을 잃지 않아야 하는 것

박제된 생각으로 나를 채우려
마음 깊숙이 스스로에게 길을 묻지 않는 자
얼마나 어리석은가

인생 무상함 깨닫게 될 때
지금 이 순간 소중함을 알게 되는 것

높은 곳에서 낮게 흐르는 물이
고맙기 그지없다는 것을 알아가는 마음,

마음씨

고양이 털끝에 봄이 왔다

대관령 옛길에서

굽이굽이 아흔아홉 좁은 길 따라
사임당 어린 율곡 손에 손잡고
친정엄마 사무치어 울고 넘던 고갯길
그토록 오랜 앓이 봄기운으로 스미어
견고한 길 따라 세워진 초록의 숨결
새벽녘 발가벗은 햇살 따라 걷는다

잿빛 아래 보이지 않던 먹먹한 길
황량한 바람에 구부러진 풀 한 포기
풍상에 찌들리어 비록 고단하였어도
세파에 위풍당당 드러나는 내공의 흐름
그 무엇 하나 바라지도 않는 마음
밤사이 내려온 초록별 따라 꿈을 꾼다

몽돌

엄마는 나에게
둥글어지라고 하셨다
나를 깎아 둥글어지라고 하셨다
마음껏 둥글리며 몸과 마음을 다스리는 것이라 하셨다

슬픈 일들이 버겁기만 했던 날들 참 많았다
괜찮지 않은 일들 수도 없이 지나갔다
그래도 매일 구르고 깎이고
애간장으로 구르고 깎이었더니
존재만으로도 빛이 나기 시작했다

나는 둥글어지고 있다
엄마의 말처럼 둥글어지고 있다

파도에 부딪히고 세파에 깎이어도
겨울이 지나고 봄볕 내리어도
내게 남은 하루하루를 나는
둥글어지고 있다

고양이 털끝에 봄이 왔다

113

문배마을 가는 길

산을 만나면 휘감아 돌아가고
파인 곳을 만나면 한소끔 채우고
거칠고 비틀린 나뭇가지에도
어릴 적 꿈처럼 꽃은 피고 지고
마른 땅에 샘물 마르지 아니하나니
아홉 번 굽이치다 자리한 산속 마을

벗끼리 서로 도와 오른 깔딱고개 능선
이씨네 한씨네 김가네 장씨네
도토리묵 감자부침 산채비빔밥
별천지 소슬한 하늘가에 달짝지근 새소리
한 하늘 가득 실은 흰구름 산마을 내려오니

돛이 없어도 둥글게 자리한 거룻배 속
세상 근심 걱정쯤이야 그 무슨 대수이랴

시인의 방

강물을 고립시키는 내면의 골방에서
옹이 박힌 나를 발견했다
창백한 고독 순간순간 아득할 때
인생의 여정, 농익은 길 위에서
유연함을 배우게 되는 일
그것은 평생 험한 길이거나 따뜻함이거나
궁색함이거나 혹은 축복이거나
기우는 달빛 모아 시를 짓는 양심쟁이 같은 일을 하다가
질박하게 어루만지고 포용하여 집을 짓는 일이다
파르스름한 시공간을 넘나들어
절정의 이미지를 확장시키고
절대고독 속으로 몰입하여 들어가는 시간으로부터
우주의 신비를 미학적 운율로 두루 장식하는 일이다
정지하거나 달려가거나
숨어있거나 그렇지 아니하거나
공허한 리듬으로 굳은살 깎아내리며
작은 등불 하나 매달아 놓는 일이다

시인의 방에서

고양이 털끝에 봄이 왔다

숨어 울며 꽃눈 틔우는 봄

용산역에서 춘천역으로 오는 전철 안에는
봄이 가득했다
춘천의 명산, 삼악산이라도 오르려는 듯
등산복 차림의 삼삼오오 짝을 진 곳엔
사람과 사람 사이 자맥질하듯
웃음꽃 앞다투어 터진다

생글생글한 청춘들의 소리는 동백꽃처럼 탱글한데
창가 흔들리는 좌석에 툭 머리를 기댄 채
광기와 불안, 상실에 빠져있는 씁쓸한 사내
우주의 모든 존재는 고독한 것이라 말을 걸고 싶었을 때
안내방송에서는 다음 역이 김유정 역임을 알렸다

주섬주섬 머뭇거리던 실레마을의 유정도 그러하셨으리라

겨울의 칼바람을 비집고 태어났던 그는
큰 나라의 엄동설한 꽤나 맵고 시리셨으리라
하루가 지나고 몇 해가 지나도록

비 맞은 수탉처럼 쭈그리고 앉아있던 그는
막힌 골목을 뚫고 오는 봄
얼마나 애타게 기다리셨을까

잔설 가지 바람 속에서
숨어 울며 꽃눈 틔우는 봄이다

고양이 털끝에 봄이 왔다

시처럼 아름다운 슬픔

하룻밤이 어제와 내일 사이에 단단히 끼였다
어제는 웃으며 이야기했던 소소한 일상
오늘은 웃음끼 없는 슬픔이가 자리했다

시절 인연처럼 슬픔이가 들어왔다
주렁주렁 매달린 슬픔이가 밤을 지난다
흔들리지 않고 아름답게 그리고 단단하게

나와 슬픔이는 마당에 멍석을 깔고 밤하늘을 바라보았다
산야를 물들이는 별들처럼 우리도
상념을 잠재우는 맑은 숨결이고 싶었다

바람을 이겨서는 슬픔이 하늘을 날았다

푸른 빛이 어린 새처럼 날기 시작했고
산야의 모서리 한 부분이 밝아오기 시작했다

아득히 깊기만 했던 골짝마다 꽃다리 놓였다
영원히 머물 시처럼 견고했다

아기곰의 눈물

빙하를 찾아 나선 북극곰, 엄마 고미
밝은 달빛에 빨간 목도리 목에 두르고
저무는 인생처럼 홀로 나선 머나먼 길
허기를 달래줄 끼니조차 없었어요
엄마에게 보채는 투덜투덜 아기곰 위해
그날 밤 먹이를 찾으러 나간 고미는
얇아진 빙판 버둥대다 미끄러지고 엎어지더니
빨간 털목도리만 둥둥둥 떠다니고 있었어요

그럴 줄 알았다면 고미를 다시 만날 수 없었다면
배고프다고 먹고 싶다고 조르지 않았을 텐데
빙하 속 흘러내리는 아기곰의 눈물
휘청휘청 허기진 하늘 산천초목으로 떠돌고
얼음이 서럽게 녹고 있는 이유는
지구의 몸이 뜨거워지기 때문이라고
얼음이 녹는 소리 아기곰의 울음소리
빙판이 사라지고 지구가 아파하고

아기곰의 눈물은 지구의 눈물
아기곰의 눈물은 우리의 눈물

어느 날 늙은 아버지가 보였다

뒷마당 감나무 이파리 수척한 눈빛은
휑한 바람 때문이라고 했다

슬픈 낮달에 걸려있는 겨울바람은
빛깔도 없이 흐르는 세월이라 했다
그 속에 늙은 아버지가 계신다

달포 전쯤부터 아버지의 심드렁한 말속에서
늙은 아버지가 보였다
늙은 아버지는
텔레비전 볼륨을 최대로 크게 하시고도
소리가 왜 이렇게 작은 거냐고
쿨럭거리는 기침 소리에
마뜩찮은 푸념 늘어뜨리시다가
도무지 볼 게 없다고 방으로 들어가 버리셨다

평생 끼고 살았던 은단 알갱이 입에 넣으시며
묵은 시간들을 털어내신다
허물어져 가는 몸뚱어리
죽음의 독촉장을 받아든 아버지의 거친 손,
생의 붉은 목관을 짜고 계신다

뒤돌아볼 겨를조차 없으셨던 탓일까
자꾸만 되돌아 뒷골목 동냥하듯
낡은 기억 꺼내오시는 늙은 아버지

싸릿문 열어놓은 마당에
등불 같은 해가 기운다

별의 숨소리 거칠다

고양이 털끝에 봄이 왔다

이카루스의 날개

밀납의 날개를 갖고 있던 그녀
바람 불고 하늘 맑으면
독수리처럼 높이 난다

너무 높이 날면 태양에 녹거나
너무 낮게 날면 바다에 젖는다

그녀에겐
경고의 문구가 내려졌지만
자유롭게 하늘 높이 오르고 싶은
날개의 꿈
악의 춤을 추며 올랐다

하늘을 정복하고 싶었던 것일까

그녀의 겨드랑이에 묶인 실은
검은 구름 하얀 구름 사이로
바람을 타고 오르기 시작했다

하늘을 나는 꼬리연처럼
끊임없이 명주실 풀어져 나올 때마다
날개는 슬피 울었지만 이미 늦었다

그녀의 일생 불에 타기 시작했다
재가 되고 암흑이 되어가고 끝내
저 땅속의 것들보다 초라해져 갔다

이제
더 이상 이카루스의 날개는 없다

고양이 털끝에 봄이 왔다

투명한 독백

금 나오라 하면 금 나오고
은 나오라 하면 은 나오게 하는
도깨비 방망이가 있었으면 좋겠다
죽음의 쓴잔을 마신 그녀를 깨우기 위해

당신과의 이별로부터 담담해질 수 있을까

찔레꽃 황톳길로 떠나간 당신과 나의 간격은 멀어져만
가는데
낡은 시계는 벽에 바짝 붙어 여전히 시간을 밀어내고 있다

미루나무 아래 자리 잡고 몸을 웅크렸다
이 꽃에서 저 꽃으로,
이 생과 저 생
준비 없는 이별 속으로 젖은 바람이 불었다

향기의 교향악처럼 봄이 돌아왔다
당신은 분粉과 향香을 바르지 않았어도
돌아온 봄보다 아름다웠다
메마른 세상에 온기 넘치는 오아시스였다

당신과 나의 모든 일은 한때의 꿈일 뿐이다

꿈,
그래 꿈

오늘 밤 별을 볼 수 없습니다

어릴 적 내가 살던 동네엔
두 개의 별이 있었습니다
견우와 직녀가 사랑했던 별
어린 목동이 사랑했던 별
큰 별 작은 별 냇가에 내려오면
예쁜 발 담그고 술래놀이하다가
잠이 들면 그 별 놓칠까 봐
바람의 결 따라 사라질까 봐

오늘 밤 도시의 밤하늘엔
그 별 볼 수가 없습니다
견우와 직녀가 사랑했던 별
어린 목동이 사랑했던 별
회색빛 하늘에 그리움 가득한 날
하얀 종이에 노란 별 그리는 까닭은
꿈속에서라도 그 별 다시 올까 봐
바람의 결 따라 다시 올까 봐

오늘 밤 별을 볼 수 없습니다
오늘 밤 그 별 볼 수 없습니다